Der Schriftsteller und die Katze

Nabiha Mheidly · Walid Taher

Aus dem Arabischen von Petra Dünges

Rieder Bilderbücher

Ich bin Schriftsteller, ich schreibe sehr gerne und am liebsten schreibe ich kurze Geschichten und lange Erzählungen.

Eines Tages setzte ich mich wieder einmal hin,
um eine Geschichte zu schreiben.

Allerdings braucht jede Geschichte eine gute Idee.

Also überlegte ich hin und her und prüfte alle
meine Einfälle ganz genau.

Ideen kamen, Ideen gingen.

Manche waren gar nicht schlecht.

Von anderen nahm ich gleich wieder Abstand.

Eine Idee gefiel mir ganz besonders gut.

Und diese wählte ich für meine Geschichte aus.

Meine neue Idee wartete nun
nur noch auf eine Gestalt,
damit man sie sehen konnte.

Hier siehst du die Gestalten,
die mir in den Sinn kamen.

Ich betrachtete jede sehr genau,
sah sie von allen Seiten an und
dachte über sie nach, so lange,
bis ich die Gestalt gefunden
hatte, die am besten zu meiner
Geschichte passte.

Was meinst du, welche es war?

Es war eine junge Katze, gerade im besten Katzenalter.

Schwanz: Stummelschwanz
Fell: gescheckt
Farbe: braun und schwarz
Ohren: klein und dreieckig

Sie war stolz und mutig und es war ihr völlig egal,
wenn sie wegen ihres Stummelschwanzes ausgelacht wurde.

Ich hatte diese Katze sofort ins Herz geschlossen.

Ich setzte sie in eine ganz
bestimmte Umgebung, wo sie
die Ereignisse meiner Geschichte
selbst erschaffen konnte.

Dann suchte ich mir einen Platz,
von dem aus ich die Katze gut beobachten
und gleichzeitig schreiben konnte.

Bald war sie in eine schwierige Lage geraten.

Die Sache wurde immer verzwickter und die Katze wusste weder ein noch aus.

Ich sah ihr zu und schrieb alles auf.

Auf einmal rief sie: „Bitte, hilf mir!"

„Du bist doch hier die Heldin", erwiderte ich.
„Du musst den Ausweg schon selbst finden."

Ich ließ sie alleine alles Mögliche ausprobieren.

Ich sah ihr dabei zu und schrieb alles auf.

Mein Herz schlug immer schneller dabei — genau wie ihr Herz.

Und ich bekam immer größere Angst — genau wie sie.

Manchmal kniff ich sogar die Augen zu, um nicht zu sehen, wie sie litt.

Und dabei schrieb ich immer weiter und weiter.

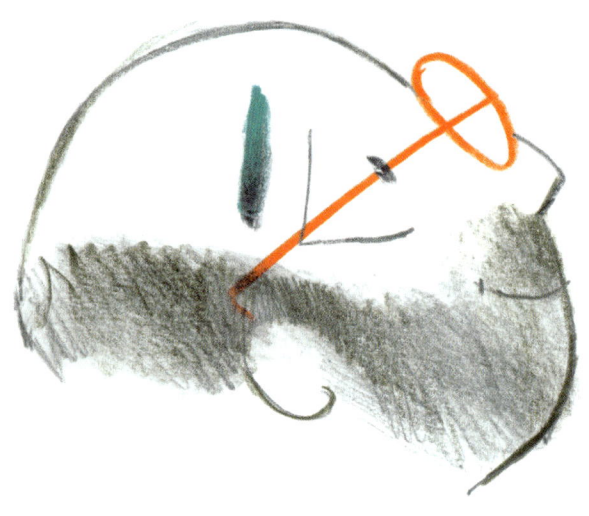

Aber die Katze ließ nicht locker
und endlich gelang es ihr,
sich aus der Patsche zu helfen.

Erleichtert atmete ich auf.

Nun ließ ich sie auf dem Schauplatz meiner Geschichte noch eine Weile fröhlich umhertollen.

Ich beobachtete sie dabei und schrieb und schrieb und schrieb.

Als ich sicher war, dass ich mir keine Sorgen mehr machen musste, konnte ich meine Geschichte abschließen.

Ende gut,
alles gut.

Nach einiger Zeit kehrte ich zu meiner Geschichte zurück.

Als ich das Buch aufschlug, sah ich die Katze sofort am Anfang des ersten Kapitels, und sie sah aus, als wollte sie weggehen. Sie bemerkte, dass ich mich darüber wunderte, und sagte schnell zu mir: „Ich wollte nicht gehen, ohne mich von dir zu verabschieden, mein Freund."

„Gehen?", fragte ich sie. „Ohne meine Erlaubnis?"

Da lächelte sie und entgegnete: „Soll ich denn ewig in einer einzigen Geschichte herumlaufen, eingesperrt zwischen zwei Buchdeckeln wie zwischen Mauern?"

Sie wartete meine Antwort gar nicht ab, winkte mir nur kurz zum Abschied und war im selben Augenblick auch schon verschwunden.

Ich winkte ihr lächelnd nach, voller Liebe und Bewunderung.

Jedes Mal, wenn du mich heute in der Nähe von
Katzen siehst, wirst du feststellen, dass ich ihnen
folge, sie genau betrachte und nach einer ganz
bestimmten Katze suche.

Ich suche nach einer Katze mit Stummelschwanz,
mit braun und schwarz gescheckten Fell
und mit kleinen dreieckigen Ohren.
Nach einer stolzen und mutigen Katze,
der es völlig egal ist, wenn sie wegen ihres
Stummelschwanzes ausgelacht wird.

Du siehst mich überall nach ihr suchen,
in allen Straßen, in allen Gärten und Gassen.

Sogar in kurzen Geschichten und langen Erzählungen suche ich nach ihr.

Ob ich sie wohl eines Tages wiederfinden werde?

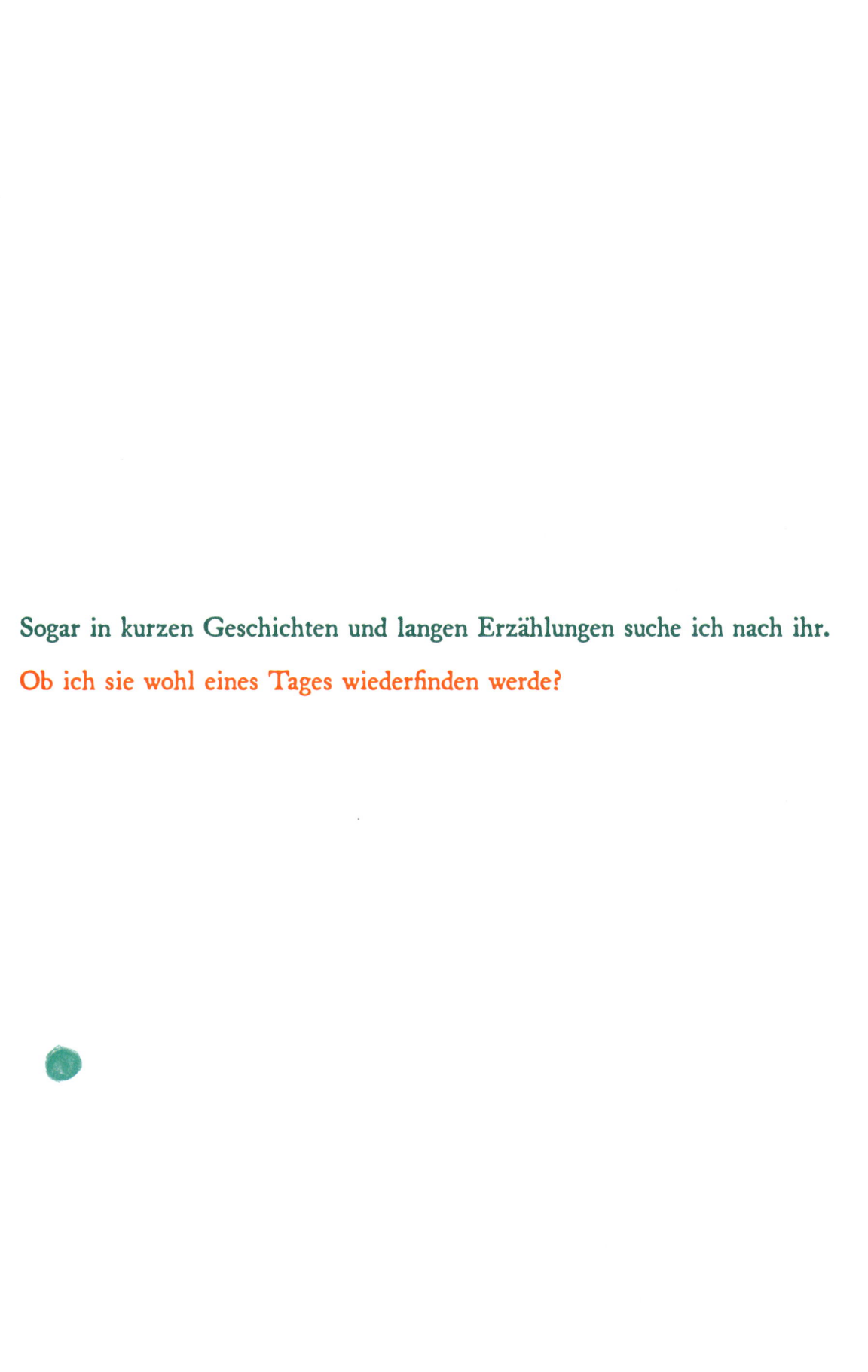

© Stiftung Internationale
Jugendbibliothek

Der Illustrator:

Walid Taher, geboren 1969 in Kairo, gehört zu den wichtigsten und
international bekanntesten Bilderbuchkünstlern der arabischen Welt. Er
studierte Innenarchitektur in Kairo und war jahrelang als Karikaturist
für Tageszeitungen und Magazine tätig.
Tahers vielfach ausgezeichnete Arbeiten sind ästhetisch durch den
arabischen Raum geprägt und besitzen gleichzeitig eine lockere Eleganz,
wie man sie von den französischen Expressionisten kennt. Walid Taher
lebt und arbeitet in Kairo und Marseille.

© Verlag Al Hadaek

Die Autorin:

Die 1962 in Beirut (Libanon) geborene Autorin Nabiha Mheidly
studierte Biologie, Publizistik und Pädagogik. 1989 gründete sie den
Kinderbuchverlag Al Hadaek mit Sitz in Beirut, den sie bis heute leitet.
Ihre thematisch und stilistisch breit gefächerte schriftstellerische und
verlegerische Arbeit wurde bereits mehrfach preisgekrönt.

© Katharina Dünges

Die Übersetzerin:

Petra Dünges ist Spezialistin für arabische Kinderliteratur. An der
Johannes-Gutenberg-Universität in Mainz erwarb sie das Diplom
in Physik und besuchte Seminare zum klassischen und modernen
Arabisch. Sie ist eine engagierte Vermittlerin der arabischsprachigen
Kinderliteratur.

Auf einigen Bildern kann man sehen, dass der Schriftsteller von rechts
nach links schreibt und dass seine Bücher an der rechten Seite gebunden
sind. Denn dieses Buch ist ursprünglich im Libanon erschienen und
seine Originalsprache ist Arabisch.

Auf der dritten Doppelseite schreibt der Schriftsteller ein Wort in
arabischer Schrift auf seinen Block. Dieses Wort bedeutet auf Deutsch
„Ereignisse".

Nabiha Mheidly (Text)
Walid Taher (Illustration)

Der Schriftsteller und die Katze
Deutsche Erstausgabe
© für die deutschsprachige Ausgabe: Susanna Rieder Verlag, München 2020
Alle Rechte vorbehalten.

Die Originalausgabe erscheint unter dem Titel *Al katib*
beim Verlag Al Hadaek Group, Beirut, Libanon.

© 2018 Nabiha Mheidly, Walid Taher. All rights reserved.

Übersetzung aus dem Arabischen von Petra Dünges
www.petra-duenges.de

Buchgestaltung und Satz: Doris Weber, München

Druck und Bindung: SDP Sachsendruck GmbH, Plauen
Printed in Germany

ISBN 978-3-948410-06-3

1. Auflage 2020
www.riederbuch.de